四庫全書宋詞别集叢刊

三

東坡詞

蘇軾

四庫全書
宋詞別集
叢刊 三

商務印書館

欽定四庫全書　集部十

東坡詞　詞曲類詞集之屬

提要

臣等謹案東坡詞一卷宋蘇軾撰軾有易傳已著録宋史藝文志載軾詞一卷書録解題則稱東坡詞二卷此本乃毛晉所刻後有晉跋云得金陵刊本凡混入黄晁秦柳之作俱經芟去然刊削尚有未盡者如開卷陽關曲

三首已載入詩集之中乃餞李公擇絶句其
曰以小秦王歌之者乃唐人歌詩之法宋代
失傳惟小秦王調近絶句故借其聲律以歌
之非别有詞調謂之陽關曲也使當時有陽
關曲一調則必自有本調之宫律何必更借
小秦王乎以是收之詞集未免泛濫至集中
念奴嬌一首朱彝尊詞綜容齋隨筆所載黄
庭堅手書本改浪淘盡為浪聲沈多情應笑

我早生華髮為多情應是我笑生華髮因謂
浪淘盡三字于調不協多情句應上四下五
然考毛幵此調如算無地閒風頂皆作仄平
仄豈可俱謂之未協石孝友此調云九重頻
念此衮衣華髮周紫芝此調云白頭應記得
尊前傾蓋亦何嘗不作上五下四句乎又趙
彥衛雲麓漫鈔辨賀新凉詞板本亂燕飛華
屋句真跡飛作棲水調歌詞板本但顧人長

久句真跡願作得措為妄改古書之失然二字之工拙皆相去不遠前人著作時有改定何必定以真跡為斷守晉此刻不取洪趙之説則深為有見矣乾隆四十九年五月恭校上

總纂官臣紀昀臣陸錫熊臣孫士毅

總校官臣陸費墀

欽定四庫全書

東坡詞

宋 蘇軾 撰

陽關曲 中秋作本名小秦王入腔即陽關曲

暮雲收盡溢清寒銀漢無聲轉玉盤此生此夜不長好明月明年何處看

又 軍中

受降城下紫髯郎戲馬臺南舊戰場恨君不奪盧龍塞

金甲牙旗歸故鄉

又 李公擇

舊刻重出

濟南春好雪初晴纔到龍山馬足輕使君莫忘霅溪女時作陽關腸斷聲

如夢令 元豐七年十二月十八日洛泗州雅熙塔下戲作如夢令闋此曲本唐莊宗製名憶仙姿嫌其名不雅故改為如夢令蓋莊宗作此詞卒章云如夢如夢和淚出門相送因取以為名

水垢何曾相受細看兩俱無有寄語揩背人盡日勞君揮肘輕手輕手居士本來無垢

又同前

自淨方能洗彼我自汗流呀氣寄語澡浴人宜笑肉身遊戲但洗但洗俯為人間一切

又有寄

為向東坡傳語人在畫堂深處别後有誰來雪壓小橋無路歸去歸去江上一犂春雨

又春思

手種堂前桃李無限緑陰青子簾外百舌兒驚起五更

春睡居士居士莫忘小橋流水

又 題淮山樓

城上層樓疊巘城下清淮古汴舉手揖吳雲人與暮天俱遠魂斷魂斷後夜松江月滿

生查子 訴别

三度别君來此别真遲暮白盡老髭鬚明日淮南去

酒罷月隨人淚濕花如霧後夜逐君還夢繞湖邊路

昭君怨 送别

誰作桓伊三弄驚破綠窓幽夢新月與愁烟滿江天

欲去又還不去明日落花飛絮飛絮送行舟水東流

點絳唇 己巳重九和蘇堅 舊刻七首攷醉漾輕舟又月轉烏啼俱秦淮海作或云此二詞東坡有手迹流傳于世遂編入東坡詞然亦安知非秦詞蘇字耶今依宋本删去

我輩情鍾古來誰似龍山宴而今楚甸戲馬餘飛觀

顧謂佳人不覺秋强半簫聲遠鬢雲撩亂愁入參差雁

又 庚午重九再用前韻

不用悲秋今年身健還高宴江村海甸總作空花觀

尚想横汾蘭菊紛相半樓船遠白雲飛亂空有年年雁

又 再和送錢公永

莫唱陽關風流公子方終宴秦山禹甸縹緲真奇觀北望平原落日山銜半孤帆遠我歌君亂一送西飛雁

又 杭州

閒倚胡牀庾公樓外峰千朶與誰同坐明月清風我

又 或刻賀方回

别乘一來有唱應須和還知麽自從添箇風月平分破

紅杏飄香柳含烟翠拖金縷水邊朱户門掩黄昏雨燭影揺風一枕傷春緒歸不去鳳樓何處芳草迷歸路

浣溪沙 新秋 舊刻五十四首攷風壓輕雲貼水飛是李後主作玉枕氷寒滴露華是晏同叔作俱删去舊逸晚菊花前歛翠蛾一首今增入

風捲珠簾自上鉤蕭蕭亂葉報新秋獨攜纖手上高樓缺月向人舒窈窕三星當户照綢繆香生霧縠見纖柔

又 遊蘄水清泉寺寺臨蘭溪溪水西流

山下蘭芽短浸溪松間沙路淨無泥蕭蕭暮雨子規啼誰道人生無再少門前流水尚能西休將白髮唱黃雞

又（玄真子漁父云西塞山邊白鳥飛桃花流水鱖魚肥青蒻笠綠蓑衣斜風細雨不須歸此語妙絕恨莫能歌者故增數語令以浣溪沙歌之或刻黃山谷）

西塞山邊白鷺飛散花洲外片帆微桃花流水鱖魚肥自庇一身青蒻笠相隨到處綠蓑衣斜風細雨不須歸

又 十一月二日雨後微雪太守徐君猷攜酒見過坐上作浣溪沙三首明日酒醒雪大作又作二首

覆塊青青麥未蘇江南雲葉暗隨車臨皐烟景世間無雨脚半收簷斷綫雪林初下瓦疎珠歸來冰顆亂黏鬚

又 前韻

醉夢昏昏曉未蘇門前轣轆使君車扶頭一盞怎生無廢圃寒蔬挑翠羽小槽春酒凍真珠清香細細嚼梅鬚

又前韻

雪裏餐氊例姓蘇使君載酒為回車天寒酒色轉頭無薦士已聞飛鶚表報恩應不用蛇珠醉中還許攬桓鬚

又再和前韻

半夜銀山上積蘇朝來九陌帶隨車濤江烟渚一時無空腹有詩衣有結濕薪如桂米如珠凍吟誰伴撚髭鬚

又前韻

萬頃風濤不記蘇雪晴江上麥千車但令人飽我愁無
翠袖倚風縈柳絮絳唇得酒爛櫻珠尊前呵手鑷霜
鬚

又九月九日二首

珠檜絲杉冷欲霜山城歌舞助淒涼且餐山色飲湖光
莫挽朱轓留半日强揉青蕋作重陽不知明日為誰
黃

又和前韻

霜鬢真堪插拒霜哀絃危柱作伊涼暫時流轉為風光

未遣清尊空北海莫因長笛賦山陽金釵玉腕瀉鵝

黄

又有感

傅粉郎君又粉奴莫教施粉與施朱自然冰玉照香酥

有客能為神女賦憑君送與雪兒書夢魂東去覓桑

榆

又 詠橘

菊暗荷枯一夜霜新苞緑葉照林光竹籬茆舍出青黄香霧噀人驚半破清泉流齒怯初嘗吴姬三日手猶香

又 公守湖辛未上元日作會於伽藍中時長老法惠在座人有獻剪伽花絲甚奇謂有初春興因作浣溪沙二首寄袁公濟

雪頷霜髯不自驚更将剪綵發春榮羞顔未醉已先赬莫唱黄雞并白髮且呼張友唤殷兄有人歸去欲卿

御

又和前韻

料峭東風翠幕驚云何不飲對公榮水精盤瑩玉鱗䞋

花影莫辜三夜月朱顔未稱五年兄翰林子墨主人

御

又徐門石潭謝雨道上作五首

照日深紅暖見魚連溪緑暗晚藏烏黄童白叟聚睢盱

麋鹿逢人雖未慣猿猱聞鼓不須呼歸家説與採桑姑

又

旋抹紅粧看使君三三五五棘籬門相挨踏破蒨羅裙老幼扶攜收麥社烏鳶翔舞賽神村道逢醉叟臥黄昏

又

麻葉層層檾葉光誰家煮繭一村香隔籬嬌語絡絲娘垂白杖藜擡醉眼捋青擣麨軟飢腸問言豆葉幾時黄

又

蔌蔌衣巾落棗花村南村北響繰車牛衣古柳賣黄瓜

酒困路長惟欲睡日高人渴漫思茶敲門試問野人家

又

軟草平莎過雨新輕沙走馬路無塵何時收拾耦畊身

日煖桑麻光似潑風來蒿艾氣如薫使君元是此中人

又 春情

道字嬌訛苦未成未應春閣夢多情朝來何事緑鬟傾

綵索身輕長趁燕紅窗睡重不聞鶯困人天氣近清明

又 菊前別元素

縹緲危樓紫翠間良辰樂事苦難全感時懷舊獨淒然

璧月瓊枝空夜夜菊花人貌自年年不知來歲與誰看

又 春情

桃李溪邊駐畫輪鷓鴣聲裏倒清尊夕陽雖好近黃昏

香在衣裳粧在臂水連芳草月連雲幾人歸去不銷魂

又 荷花

四面垂楊十里荷問云何處最花多畫樓南畔夕陽和
天氣乍涼人寂寞光陰須得酒消磨且來花裏聽笙歌

又 贈閭邱朝議時過徐州

一別姑蘇已四年秋風南浦送歸船畫簾重見水中仙
霜鬢不須催我老杏花依舊駐君顏夜闌相對夢魂間

又 有贈

惟見眉間一點黄詔書催發羽書忙從教嬌淚洗紅粧
上殿雲霄生羽翼論兵齒頰帶風霜歸來衫袖有天香

又 憶舊

長記鳴琴子賤堂朱顏緑髮映垂陽如今秋鬢數莖霜聚散交遊如夢寐升沉閒事莫思量仲卿終不避桐鄉

又 紹聖元年十月十三日與程鄉令侯晉叔歸安簿譚汲遊大口寺野飲松下設松黃湯作此闋 余近釀酒名萬家春蓋嶺南萬户酒也

羅襪空飛洛浦塵錦袍不見謫仙神攜壺藉草亦天真玉粉輕黄千歲藥雪花浮動萬家春醉歸江路野梅新

又 重九

白雪清詞出坐間愛君才器兩俱全異鄉風景却依然
可恨相逢能幾日不知重會是何年茱萸子細更重看

又 元豐七年十月二十四日從泗洲劉倩叔遊南山

細雨斜風作曉寒淡烟踈柳媚晴灘入淮清洛漸漫漫
雪抹乳花浮午盞蓼芽蒿笋試春盤人間有味是清歡

又 送梅庭老赴潞州學官

門外東風雪灑裾山頭回首望三呉不應彈鋏為無魚
上黨從來天下脊先生元是古之儒時平不用魯連書

又　徐州藏春閣園中

慚愧今年二麥豐千畦翠浪舞晴空化工餘力染夭紅歸去山公應倒載闌街拍手笑兒童甚時名作錦薰籠

又　揚州賞芍藥櫻桃

芍藥櫻桃兩鬬新名園高會送芳辰洛陽初夏廣陵春紅玉半開菩薩面丹砂穠點柳枝脣尊前還有箇中人

又　贈楚守田待制小鬟

學畫鴉兒正妙年陽城下蔡困嫣然憑君莫唱短因緣

霧帳吹笙香嫋嫋霜庭按舞月娟娟曲終紅袖落雙纒

又 和前韻

一夢江湖費五年歸來風物故依然相從一醉是前緣
遷客不應常眊矂使君為出小嬋娟翠鬟聊著小詩纒

又 端午

輕汗微微透碧紈明朝端午浴芳蘭流香漲膩滿晴川
綵線輕纒紅玉臂小符斜挂綠雲鬟佳人相見一千年

又 感舊

徐邈能中酒聖賢劉伶席地幕青天潘郎白璧為誰連

無可奈何新白髮不如歸去舊青山恨無人借買山錢

又 自適

傾蓋相逢勝白頭故山空復夢松楸此心安處是菟裘

賣劍買牛真欲老乞漿得酒更何求願為辭社宴春秋

又 寓意和前韻

炙手無人傍屋頭蕭蕭晚雨脫梧楸誰憐季子敝貂裘

顧我已無當世望似君須向古人求歲寒松栢肯驚秋

又 即事

畫隼橫江喜再遊老魚跳檻識清謳流年未肯付東流
黃菊籬邊無悵望白雲鄉裏有溫柔挽回霜鬢莫教休

又 方響

花滿銀塘水漫流犀槌玉板奏涼州順風環珮過秦樓
遠漢碧雲輕漠漠今宵人在鵲橋頭一聲敲徹絳河秋

又 端午

短袂輕風不破塵玉簪犀璧醉佳辰一番紅粉為誰新

團扇只堪題往事新絲那解繫行人酒闌滋味似殘春

又

幾笑查梨到雪霜一經題品便生光木奴何處避雌黃

北客有來初未識南金無價喜新嘗含滋嚼句齒牙香

又

山色橫侵蘸暈霞湘川風靜吐寒花遠林屋散暮啼鴉

夢到故園多少路酒醒南望隔天涯月明千里照平沙

又 重陽 舊刻逸

晚菊花前斂翠娥挼花傳酒緩聲歌柳枝團扇別離多擁髻淒涼論舊事曾隨織女度銀梭當年今夕奈愁何

減字木蘭花 自錢塘被名林子中作郡守有會坐中營妓出牒鄭容求落籍高瑩求從良子中呈東坡東坡索筆為減字木蘭花書牒後時用鄭容落籍高瑩從良八字於句端也無

贈潤守

許仲塗

鄭莊好客容我尊前先墮幘落筆生風籍籍聲名不負公 高山白早瑩骨氷膚那解老從此南徐良夜清風月滿湖

又 寓意

雲鬟傾倒醉倚闌干風月好憑仗相扶誤入仙家碧玉壺 連天衰草不走湖南西去道一舸姑蘇便逐鴟夷去得無

又 荔枝

閩溪珍獻過海雲帆來似箭玉座金盤不貢奇葩四百年 輕紅釀白雅稱佳人纖手擘骨細肌香恰是當年十八娘

又送東武令趙晦之

賢哉令尹三仕已之無喜慍我獨何人猶把虛名玷搢紳不如歸去二頃良田無覓處歸去來兮待有良田是幾時

又送別

玉觴無味中有佳人千點淚學道忘憂一念還成不自由如今未見歸去東園花似霰一語相開匹似當初本不來

又　送趙令

春光亭下流水如今何在也歲月如梭白首相看擬奈何　故人重見世事年來千萬變官況闌珊慚愧青松守歲寒

又　過吳興李公擇生子三日會客作此詞戲之

惟熊佳夢釋氏老君曾抱送壯氣横秋未滿三朝已食牛　犀錢玉果利市平分沾四座多謝無功此事如何到得儂

又得書

曉來風細不會鵲聲來報喜却羡寒梅先覺春風一夜來　香牋一紙寫盡回紋機上意欲卷重開讀徧千回與萬回

又送別

天台舊路應恨劉郎來又去別酒頻傾忍聽陽關第四聲　劉郎未老懷戀仙鄉重得到只恐因循不見如今勸酒人

又 錢塘西湖有詩僧清順居其上自名藏春塢門前有二古松各有凌霄花絡其上順常晝臥其下子瞻為郡一日屏騎從過之松風騷然順指落花覓句子瞻為賦此詞

雙龍對起白甲蒼髯烟雨裏踈影微香下有幽人晝夢長 湖風清軟雙鵲飛來爭噪晚翠颭紅輕時下凌霄百尺英

又 贈小鬟琵琶

琵琶絶藝年紀都來十一二撥弄么絃未解將心指下傳 主人嗔小欲向東風先醉倒已屬君家且更從容

等待他

又 立春

春牛春杖無限春風來海上便與春工染得桃紅似肉紅 春幡春勝一陣春風吹酒醒不似天涯捲起楊花似雪花

又 雪詞

雪容皓白破曉玉英紛似織風力無端欲學楊花更耐寒 相如未老梁苑猶能陪俊少莫惹閒愁且折江梅

上小樓

又

玉房金蓋宜在玉人纖手裏淡月朦朧更有微微弄袖風　温香熟美醉慢雲鬟垂兩耳多謝春工不是花紅是玉紅

又　春月

春庭月午搖蕩香醪光欲舞步轉迴廊半落梅花婉娩香　輕風薄霧總是少年行樂處不似秋光只與離人

照斷腸

又 贈勝之

天然宅院賽了千千并萬萬説與賢知表德元來是勝之今來十四海裏猴兒奴子是要賭休癡六隻骰兒六點兒

又 琴

神閑意定萬籟收聲天地静玉指氷絃未動宫商意已傳　悲風流水寫出寥寥千古意歸去無眠一夜餘音

在耳邊

又

銀箏旋品不用纏頭千尺錦妙思如泉一洗閑愁十五年　為公少止起舞屬公公莫起風裏銀山擺撼魚龍我自閑

又贈君猷家姬

柔和性氣雅稱佳名呼懿懿解舞能謳絶妙年中有品流　眉長眼細淡淡梳粧新綰髻懊惱風情春著花枝

百態生

又

鸎初解語最是一年春好處微雨如酥草色遥看近却無 休辭醉倒花不看開人易老莫待春回顛倒紅英間緑苔

又

江南遊女問我何年歸得去雨細風微兩足如霜挽紵衣 江亭夜語喜見京華新様舞蓮步輕飛遷客今朝

始是歸

又 贈徐君猷三侍人一嫵卿

嬌多媚煞體柳輕盈千萬態殢主尤賓斂黛含嚬喜又嗔 徐君樂飲笑謔從伊情意恁臉嫩膚紅花倚朱闌裏住風

又 勝之

雙鬟綠墜嬌眼橫波眉黛翠妙舞蹁躚掌上身輕意態妍 曲窮力困笑倚人旁香喘噴老大逢歡昏眼猶能

仔細看

又 慶姫

天真雅麗容態温柔心性慧響亮歌喉遏住行雲翠不收妙詞佳曲囀出新聲能斷續重客多情滿勸金卮玉手摯

訴衷情 送述古迓元素

錢塘風景古來奇太守例能詩先驅負弩何在心已浙江西 花盡後葉飛時雨凄凄若為情緒更問新官向

舊宫啼

又 海棠 或刻晏同叔

海棠珠綴一重重清曉近簾櫳胭脂誰與勻淡偏向臉邊濃 看葉嫩惜花紅意無窮如花似葉歲歲年年笑占春風

又 琵琶女

小蓮初上琵琶絃彈破碧雲天分明繡閣幽恨都向曲中傳 膚瑩玉鬢梳蟬綺窻前素娥今夜故故隨人似

鬬嬋娟

菩薩鬘 歌妓

繡簾高捲傾城出燈前瀲灩橫波溢皓齒發清歌春山入翠蛾 悽音休怨亂我已先偷玩梅蕚月窓虚纍纍一串珠

又

碧紗微露纖纖玉一曲雲和湘水緑越調變新龍聲吟徹骨清 夜長殘酒醒頓覺霜袍冷不見意中人新啼

壓舊痕

又 西湖

秋風湖上蕭蕭雨使君欲去還留住今日漫留君明朝愁殺人　尊前千點淚灑向長河水不用斂雙蛾路人啼更多

又 杭妓往蘇

玉童西迓浮邱伯洞天冷落秋蕭瑟不用許飛瓊瑶臺空月明　清香凝夜宴借與韋郎看莫便過姑蘇扁舟

下五湖

又 闕文

天憐豪俊缺 滿缺景為淹

留從君都占秋 身閑惟缺 遨遊首帝

夢缺 匆匆歸去時

又 代妓送陳述古

娟娟缺月西南落相思撥斷琵琶索枕淚夢魂中覺來

眉暈重 畫堂堆燭淚長笛吹新水醉客各西東應思

陳孟公

又 感舊

玉笙不受珠脣暖離聲淒咽胸填滿遺恨幾千秋恩留人不留 他年京國酒泫淚攀枯柳莫唱短因緣長安遠似天

又 新月

畫簷初挂彎彎月孤光未滿先憂缺還認玉簾鉤天孫梳洗樓 佳人言語好不願求新巧此恨固應知願人

無別離

又 七夕

風迴仙馭頻開扇更闌月墜星河轉枕上夢魂驚曉簷踈雨零 相逢雖草草長笑天難老終不羨人間人間夜似年

又 有寄

城隅靜女何人見先生日夜歌彤管誰識蔡姬賢江南顧彥先 先生那久困湯沐須名郡惟有謝夫人從來

見擬倫

又

買田陽羨吾將老從來只為溪山好來往一虛舟聊隨物外遊　有書仍懶著水調歌歸去筋力不辭詩要須風雨時

又 回文

落花閒院春山薄薄衫春院閒花落遲日恨依依依依恨日遲　夢回鶯舌弄弄舌鶯回夢郵便問人羞羞人

問便郵

又 夏景 回文

火雲凝汗揮珠顆顆珠揮汗凝雲火瓊暖碧紗輕輕紗碧暖瓊暈腮嫌枕印印枕嫌腮暈閒照晚粧殘殘粧晚照閒

又 回文

嶠南江淺紅梅小小梅紅淺江南嶠窺我向疎籬籬疎向我窺 老人行即到到即行人老離別惜殘枝枝殘

惜別離

又 回文春閨怨

翠鬟斜幔雲垂耳耳垂雲幔斜鬟翠春晚睡昏昏昏昏睡晚春 細花梨雪墜墜雪梨花細顰淺念誰人人誰念淺顰

又 回文夏閨怨

柳庭風靜人眠晝晝眠人靜風庭柳香汗薄衫涼衫涼薄汗香 手紅冰腕藕藕腕冰紅手郎笑藕絲長長絲

鵜笑郎

又 回文秋閨怨

井梧雙照新粧冷冷粧新照雙梧井羞對井花愁愁花
井對羞 影孤憐夜永永夜憐孤影樓上不宜愁愁宜
不上樓

又 回文冬閨怨

雪花飛暖融香頰頰香融暖飛花雪欺雪任單衣衣單
任雪欺 別時梅子結結子梅時別歸不恨開遲遲開

恨不歸

又

娟娟侵鬢粧痕淺雙顰相媚彎如剪一瞬百般宜無論笑與啼　酒闌思翠被特故騰騰地生怕促歸輪微波先泥人

又 詠足

塗香莫惜蓮承步長愁羅襪凌波去只見舞迴風都無行處蹤　偷穿宮樣穩並立雙趺困纖妙説應難須從

掌上看

又

玉鐶墜耳黄金飾輕衫罩體香羅碧緩步困春醪春融臉上桃花鈿從委地誰與郎為意長愛月華清此時憎月明

採桑子 潤州東景樓與孫巨源相遇

多情多感仍多病多景樓中樽酒相逢樂事回頭一笑空停杯且聽琵琶語細撚輕攏醉臉春融斜照江天

一抹紅

卜算子 感舊

蜀客到江南長憶吴山好吴蜀風流自古同歸去應須早 還與去年人共藉西湖草莫惜尊前仔細看應是容顔老

又 惠州有温都監女頗有色年十六不肯嫁人聞坡至甚喜每夜聞坡諷詠則徘徊窗下坡覺而推窗則其女踰牆而去坡從而物色之曰吾當呼王郎與之子為姻未幾而坡過海女遂卒葬於沙灘側坡回惠為賦此詞

缺月挂疎桐漏斷人初靜時見幽人獨往來縹緲孤鴻影驚起却回頭有恨無人省揀盡寒枝不肯棲寂寞沙洲冷一刻楓落吳江冷

好事近 送君猷

紅粉莫悲啼俯仰半年離別看取雪堂坡下老農夫凄切明年春水漾桃花柳岸隘舟楫從此滿城歌吹看黄州闐咽

又 元刻不載

烟外倚危樓初見遠燈明滅却跨玉虹歸去看洞天星月　當時張范風流在況一樽浮雪莫問世間何事與劍頭微吷

又　湖上

湖上雨晴時秋水半篙初沒朱檻俯窺寒鑑照衰顔華髮　醉中欲墮白綸巾溪風漾流月獨棹小舟歸去任煙波飄兀

華清引　感舊

平時十月幸蓮湯玉甃瓊梁五家車馬如水珠璣滿路旁翠華一去掩方牀獨留烟樹蒼蒼至今清夜月依舊過繚牆

謁金門秋夜

秋帷裏長漏伴人無寐低玉枕涼輕繡被一番秋氣味曉色又侵窻紙窻外雞聲初起聲斷幾聲還到耳已明聲未已

又秋興

秋池閣風傍曉庭簾幙霜葉未衰吹未落半驚鴉喜鵲
自笑浮名情薄似與世人疎略一片懶心雙嬾脚好
教閒處著

又 秋感

今夜雨斷送一年殘暑坐聽潮聲來別浦明朝何處去
辜負金尊緑醑來歲今宵圓否酒醒夢回愁幾許夜
闌還獨語

清平樂 秋詞

清淮濁汴更在江西岸紅蒓到時黄葉亂霜入梁王故苑　秋原何處攜壺停驂訪古踟躕雙廟遺風尚在漆園傲吏應無

雙荷葉

雙溪月清光偏照雙荷葉雙荷葉紅心未偶緑衣偷結　背風迎雨淚珠滑輕舟短棹先秋折先秋折烟鬟未上玉盃微缺

更漏子　送孫巨源

水涵空山照市西漢二疎鄉里新白髮舊黃金故人恩義深　海東頭山盡處自古客槎來去槎有信赴秋期使君行不歸

占春芳

紅杏了夭桃盡獨自占春芳不比人間蘭麝自然透骨生香　對酒莫相忘似佳人兼合明光只憂長笛吹花落除是寧王

烏夜啼 寄遠

莫怪歸心甚速西湖自有蛾眉若見故人須細說白髮倍當時　小鄭非常強記二南依舊能詩更有鱸魚堪切膾兒輩莫教知

阮郎歸 初夏

綠槐高柳咽新蟬薰風初入絃碧紗窗下水沉烟棊聲驚晝眠　微雨過小荷翻榴花開欲然玉盆纖手弄清泉瓊珠碎又圓

又 集句梅花　舊重刻醉桃源

香腮作宮粧暮春作暮雲

暗香浮動月黄昏堂前一樹春東風何事入西鄰兒家常閉門　雪肌冷玉容真香腮粉未匀折花欲寄隴頭人江南日暮春

又蘇州席上作

一年三度過蘇臺清尊長自開佳人相問苦相猜這回來不來　情未盡老先催人生真可咍他年桃李阿誰栽劉郎雙鬢摧

虞美人影暮春

華胥夢斷人何處聽得鸎啼紅樹幾點薔薇香雨寂莫閑庭戶　暖風不解留花住片片著人無數樓上望春歸去芳草迷歸路

西江月　真覺賞瑞香

公子眼花亂發老夫鼻觀先通領巾飄下瑞香風驚起謫仙春夢　后土祠中玉蕋蓬萊殿後鞓紅此花清絶更纖穠把酒何人心動

又　坐客見和復次韻

小院朱欄幾曲重城畫鼓三通更看微月轉光風歸去香雲入夢　翠袖爭浮大白皁羅半插斜紅燈花零落酒花穠妙語一時飛動

又 再用前韻戲曹子方坐客云瑞香為紫丁香遂以此曲辯證之

悵此花枝怨泣託君詩句名通憑將草木記吳風記取相如雲夢　點筆袖沾醉墨謗花面有慙紅如君却是為情穠怕見此花撩動

又

聞道雙銜鳳帶不妨單著鮫綃夜香知與阿誰燒悵望水沉烟裊　雲鬢風前綠卷玉顏醉裏紅潮莫教空度可憐宵月與佳人笑撩

又　重九

點點樓頭細雨重重江外平湖當年戲馬會東徐今日淒涼南浦　莫恨黃花未吐且教紅粉相扶酒闌不必看茱萸頫仰人間今古

又　送茶并谷簾與王勝之

龍焙今年絶品谷簾自古珍泉雪芽雙井散神仙苗裔來從北苑　湯發雲腴釅白盞浮花乳輕圓人間誰敢更爭妍鬬取紅窓粉面

又　姑熟再見勝之次前韻　或刻山谷詞

别夢已隨流水淚巾猶裛香泉相如依舊是臞仙人在瑶臺閬苑　花霧縈風縹緲歌珠滴水清圓蛾眉新作十分妍走馬歸來便面

又　黄州中秋

世事一場大夢人生幾度秋凉夜來風葉已鳴廊看取眉頭鬢上　酒賤常愁客少月明多被雲妨中秋誰與笑孤光把醆凄然北望

又送錢待制

莫歎平原落落且應去魯遲遲與君各記少年時須信人生如寄　白髮千莖相送深盃百罰休辭拍浮何用酒為池我已為君德醉

又梅花

玉骨那愁瘴霧冰肌自有仙風海仙時遣探芳叢倒掛綠毛么鳳　素面翻嫌粉涴洗粧不褪唇紅高情已逐曉雲空不與梨花同夢惠州梅花上珍禽曰倒掛子似綠毛鳳而小

又春夜行蘄水中過酒家飲酒醉乘月至一溪橋上解鞍曲肱少休及覺已曉亂山葱蘢不謂人世也書此詞於橋柱上

照野瀰瀰淺浪橫空曖曖微霄障泥未解玉驄驕我欲醉眠芳草　可惜一溪明月莫教踏碎瓊瑤解鞍欹枕綠楊橋杜宇數聲春曉

又 平山堂

三過平山堂下半生彈指聲中十年不見老仙翁壁上龍蛇飛動　欲弔文章太守仍歌楊柳春風休言萬事轉頭空未轉頭時皆夢

又 蘇州交代林子中席上作

昨日扁舟京口令朝馬首長安舊官何物與新官只有湖山公案　此景百年幾變箇中下語千難使君才氣卷波瀾與把新詩判斷

少年遊

端午贈黃守徐君猷

銀塘朱檻麴塵波圓綠卷新荷蘭條薦浴菖花釀酒天氣尚清和　好將沉醉酬佳節十分酒十分歌獄草烟深訟庭人悄無些宴遊過

又

黃子橋人郭氏每歲正月迎紫姑神以箕為腹箸為口畫灰盤中為詩敏捷立成余往觀之神請予作少年遊乃以此戲之

玉肌鉛粉傲秋霜準擬鳳呼凰伶倫不見清香未吐且糠粃吹揚　到處成雙君獨隻空無數爛文章一點香

檀誰能借箸無復似張良

又 潤州作

去年相送餘杭門外飛雪似楊花今年春盡楊花似雪猶不見還家 對酒捲簾邀明月風露透窗紗恰似嫦娥憐雙燕分明照畫梁斜

瑶池燕 琴曲有瑶池燕變其詞作閨怨寄陳季常

飛花成陣春心困寸寸別腸多少愁悶無人問偷啼自搵殘粧粉 抱瑶琴尋出新韻玉纖趁南風未解幽慍

低雲鬟眉峯斂暈嬌和恨

南柯子 遊賞

山與歌眉斂波同醉眼流遊人都上十三樓不羨竹西歌吹古揚州　菰黍連昌歜瓊彝倒玉舟誰家水調唱歌頭聲繞碧山飛去晚雲留

又 湖景和前韻

古岸開青葑新渠走碧流會看光滿萬家樓記取他年扶路入西州　佳節連梅雨餘生寄葉舟只將菱角與

雞頭更有月明千頃一時留

又 寓意

雨暗初疑夜風回忽報晴淡雲斜照著山明細草軟沙溪路馬啼輕　卯酒醒還困仙材夢不成藍橋何處覔雲英只有多情流水伴人行

又 和前韻

日出西山雨無晴又有晴亂山深處過清明不見綵繩花板細腰輕　盡日行桑野無人與目成且將新句琢

瓊英我是世間閒客此閒行

又 再用前韻

帶酒衝山雨和衣睡晚晴不知鐘鼓報天明夢裏栩然蝴蝶一身輕　老去才都盡歸來計未成求田問舍笑豪英自愛湖邊沙路免泥行

又 晚春

日薄花房綻風和麥浪輕夜來微雨洗郊坰正是一年春好近清明　已改煎茶火猶調入粥餳使君高會有

餘清此樂無聲無味最難名

又 八月十八日觀潮

海上乘槎侶仙人臂綠華飛昇元不用丹砂住在潮頭來處渺天涯 雷輥夫差國雲翻海若家坐中安得弄琴牙寫取餘聲歸向水仙誇

又 再用前韻

苒苒中秋過蕭蕭兩鬢華寓身化世一塵沙笑看潮來潮去了生涯 方士三山路漁人一葉家早知身世兩

聱牙好伴騎鯨公子賦雄誇

又

東坡守錢塘無日不在西湖嘗携妓謁大通禪師大通愠形於色東坡作長短句令妓歌之

師唱誰家曲宗風嗣阿誰惜君拍板與門槌我也逢場作戲莫相疑　溪女方偷眼山僧莫眨眉却愁彌勒下生遲不見老婆三五少年時

又

別潤州許仲途

欲執河梁手還升月旦堂酒闌人散月侵廊北客明朝歸去雁南翔　窈窕高明玉風流鄭季莊一時分散水

雲鄉惟有落花芳草斷人腸

又 湖州作

山雨瀟瀟過溪橋瀏瀏清小園幽榭枕蘋汀門外月華如水綵舟横 岧岸霜花盡江湖雪陣平兩山遥指海門青回首水雲何處覔孤城

又 暮春

紫陌尋春去紅塵拂面來無人 不道看花回惟見石榴新蕊一枝開 氷簟堆雲髻金樽灧玉醅緑陰青子莫

相催留取紅巾千點照池臺

又 黄州臘月八日飲懷民小閣

衛霍元勛後韋平外族賢吹笙只合在緱山閒駕綵鸞歸去趁新年 烘暖燒香閣輕寒浴佛天他時一醉畫堂前莫忘故人顦顇老江邊

又 有感

笑怕薔薇罥行憂寶瑟僵美人依約在西廂只恐暗中迷路認餘香 午夜風翻幔三更月到牀簟紋如水玉

肌涼何物與儂歸去有殘粧

又 感舊

才恨誰云短綿綿豈易裁半年眉緑未曾開明月好風閑處是人猜 春雨消殘凍温風到冷灰樽前一曲為誰哉留取曲終一拍待君來

又 楚守周豫出舞鬟因作二首贈之

紺綰雙蟠髻雲欹小偃巾輕盈紅臉小腰身疊鼓忽催花拍鬬精神 空濶輕紅歇風和約柳春蓬山才調最

清新勝似纏頭千錦共藏珍

又同前

琥珀裝腰佩龍香入領巾只應飛燕是前身笑看剥葱纖手舞凝神　柳絮風前轉梅花雪裏春鴛鴦翡翠兩爭新但得周郎一顧勝珠珍

又舞妓

雲鬟裁新緑霞衣曳曉紅待歌凝立翠筵中一朶彩雲何事下巫峰　趂拍鸞飛鏡回身燕漾空莫翻紅袖過

簾櫳怕被楊花勾引嫁東風

又

見説東園好能消北客愁雖非吾土且登樓行盡江南
南岸此淹留　短日明楓纈清霜暗菊毬流年回首付
東流憑仗挽回潘鬢莫教秋

望江南

春未老風細柳斜斜試上超然臺上看半壕春水一城
花烟雨暗千家　寒食後酒醒却咨嗟休對故人思故

國且將新火試新茶詩酒趁年華

又 暮春

春已老春服幾時成曲水浪低蕉葉穩舞雩風軟苧羅輕酣詠樂昇平　微雨過何處不催耕百舌無言桃李盡柘枝深處鵓鴣鳴春色屬蕪菁

浪淘沙 探春

昨日出東城試探春情牆頭紅杏暗如傾檻內羣芳芽未吐早已回春　綺陌斂香塵雪霽前村東君用意不

辭辛料想春光先到處吹綻梅英

鷓鴣天 時謫黄州 舊刻三首攷西塞山前白鷺飛一首是黄山谷作今删去

林斷山明竹隱牆亂蟬衰草小池塘翻空白鳥時時見照水紅蕖細細香　村舍外古城傍杖藜徐步轉斜陽慇懃昨夜三更雨又得浮生一日涼

又 陳公密出侍兒素娘歌紫玉簫曲勸老人酒老人飲盡因為賦此詞

笑撚紅牙鞚翠翹揚州十里最妖嬈夜來綺席親曾見撮得精神滴滴嬌　嬌後眼舞時腰劉郎幾度欲䰟消

明朝酒醒知何處腸斷雲間紫玉簫

玉樓春 次歐公西湖韻

霜餘已失長淮濶空聽潺潺清瀨咽佳人猶唱醉翁詞四十三年如電抹 草頭秋露流珠滑三五盈盈還二八與予同是識翁人惟有西湖波底月

又 次馬中玉韻

知君仙骨無寒暑千載相逢猶旦暮故將別語惱佳人要看梨花枝上雨 落花已逐迴風去花本無心鶯自

訴明朝歸路下塘西不見鶯啼花落處

又 宿造口聞夜雨寄子由才叔

梧桐葉上三更雨驚破夢魂無覓處夜涼枕簟已知秋更聽寒蛩促機杼 夢中歷歷來時路猶在江亭醉歌舞尊前必有問君人為道别來心與緒

又

元宵自是歡遊好何況公庭民訟少萬家遊賞上春臺十里神仙迷海島 平原不似高陽傲促席雍容陪語

笑坐中有客最多情不惜玉山拚醉倒

又

經旬未識東君信一夕薰風來解慍紅綃衣薄麥秋寒緑綺韻低梅雨潤　瓜頭緑染山光嫩弄色金桃新傳粉日高慵捲水晶簾猶帶春醪紅玉困

又　上三調元刻不載

高平四面開雄壘三月風光初覺媚園中桃李使君家城上亭臺遊客醉　歌翻楊柳金尊沸飲散凭闌無限

意雲深不見玉關遥草細山重殘照裏

南鄉子 春情

晚景落瓊盃照眼雲山翠作堆認得岷峨春雪浪初來萬頃蒲萄漲淥醅 暮雨暗陽臺亂灑高樓濕粉腮一陣東風來捲地吹迴落照江天一半開

又 梅花詞和楊元素

寒雀滿疎籬爭抱寒柯看玉蕤忽見客來花下坐驚飛踏散芳英落酒巵 痛飲又能詩坐客無氊醉不知花

盡酒闌春到也離離一點微酸已著枝

又 席上勸李公擇酒

不到謝公臺明月清風好在哉舊日髯孫何處去重來短李風流更上才　秋色漸摧頹滿院黃英映酒盃看取桃花春二月爭開盡是劉郎去後栽

又 重九涵輝樓呈徐君猷

霜降水痕收淺碧鱗鱗露遠洲酒力漸消風力軟颼颼破帽多情却戀頭　佳節若為酬但把清尊斷送秋萬

事到頭都是夢休休明日黄花蝶也愁

又送述古

回首亂山横不見居人只見城誰似臨平山上塔亭亭迎客西來送客行　臨路晚風清一枕初寒夢不成今夜殘燈斜照處熒熒秋雨晴時淚不晴

又有感

氷雪透香肌姑射仙人不似伊濯錦江頭新樣錦非宜故著尋常淡薄衣　暖日下重幃春睡香凝索起遲曼

倩風流緣底事當時愛被西真喚作兒

又 和楊元素

東武望餘杭雲海天涯兩杳茫何日功成名遂了還鄉醉笑陪公三萬場 不用訴離觴痛飲從來別有腸今夜送歸燈火冷河塘墮淚羊公却姓楊

又 自述

涼簟碧紗幮一枕清風晝睡餘臥聽晚衙無一事徐徐讀盡牀頭幾卷書 搔首賦歸歟自覺功名嬾更疎若

問使君才與術何如占得人間一味愚

又 沈强輔雯上出犀麗玉作胡琴送元素還朝同子野各賦一首

裙帶石榴紅却水慇懃解贈儂應許逐雞雞莫怕相逢一點靈犀必暗通何處遇良工琢刻天真半欲空顱作龍香雙鳳撥輕攏長在環兒白雪胷

又 贈行

旌旆滿江湖詔發樓船萬舳艫投筆將軍因笑我迂儒帕首腰刀是丈夫 粉淚怨離居喜子垂窓報捷書試

問伏波三萬語何如一斛明珠換緑珠

又 雙荔枝

天與化工知賜得衣裳總是緋每向畫堂深處見憐伊兩箇心腸一樣兒 自小便相隨綺席歌筵不暫離苦恨人人分析破東西怎得成雙似舊時

又 集句

寒玉細凝膚 吳融 清歌一曲倒金壺 鄭谷 杏葉菖條徧相識 李商隱 爭如豆蔻花梢二月初 杜牧 年少即須臾 白居易 芳

時偷得醉工夫白居易羅帳細垂銀燭背韓渥歡娛豁得平生俊氣無杜牧

又集句

悵望送春盃杜牧漸老逢春能幾回杜甫花滿楚城愁遠別許渾傷懷何況清絲急管催劉禹錫吟斷望鄉臺李商隱萬里歸心獨上來許渾景物登臨閑始見杜牧徘徊一寸相思一寸灰李商隱

又集句

何處倚闌干杜牧絃管高樓月正圓杜牧蝴蝶夢中家萬里
崔塗依然老去悲秋强自寬杜甫明鏡惜紅顏李商隱須著
人間比夢間韓愈蠟燭半籠金翡翠李商隱更闌繡被焚香
獨自眠許渾

又 用韻和道輔

未倦長卿遊漫舞夭歌爛不收不是使君能矯世誰留
教有瓊梳脫麝油　香粉鏤金裘花豔紅箋筆欲流從
此丹脣并皓齒清柔唱遍山東一百州

又用前韻贈田叔通家舞鬟

繡鞅玉鐶遊燈晃簾疎笑却收久立香車催欲上還留更且檀脣點杏油　花遍六幺毬面旋迴風帶雪流春入腰肢金縷細輕柔種柳應須柳柳州

鵲橋仙 七夕

緱山仙子高情雲渺不學癡牛騃女鳳簫聲斷月明中舉手謝時人欲去　客槎曾犯銀河微浪尚帶天風海雨相逢一醉是前緣風雨散飄然何處

又 七夕和蘇堅韻

乘槎歸去成都何在萬里江沱漢漾與君各賦一篇詩留織女鴛鴦機上　還將舊曲重賡新韻須信吾儕天放人生何處不兒嬉看乞巧朱樓綵舫

瑞鷓鴣 觀潮

碧山影裏小紅旗儂是江南踏浪兒拍手欲嘲山簡醉齊聲爭唱浪婆詞　西興渡口帆初落漁浦山頭日未欹儂欲送潮歌底曲尊前還唱使君詩

欽定四庫全書

東坡詞

又

城頭月落尚啼烏朱艦紅船早滿湖鼓吹未容迎五馬水雲先已漾雙鳧　映山黄帽螭頭舫夾岸青烟鵲尾爐老病逢春只思睡獨求僧榻寄須臾

翻香令

金爐猶暖麝煤殘惜香更把寶釵翻重聞處餘薰在這一番氣味勝從前　背人偷蓋小蓬山更將沉水暗同然且圖得氤氲久為情深嫌怕斷頭烟

虞美人 琵琶

定場賀老今何在幾度新聲改新聲坐使舊聲闌俗耳只知繁手不須彈 斷弦試問誰能曉七歲文姬小試教彈作輥雷聲應有開元遺老淚縱橫

又 送馬中玉 元刻述懷

歸心正似三春草試著萊衣小橋懷幾日向翁開懷祖已嗔文度不歸來 禪心已斷人間愛只有平交在笑論瓜葛一枰同看取靈光新賦有家風

又 陳述古守杭已及瓜代未交前數日宴僚佐於有美堂因請貳車蘇子瞻賦詞子瞻即席而就寄攤破虞美人

湖山信是東南美一望須千里使君能得幾囘來便使樽前醉倒且徘徊 沙河塘裏燈初上水調誰家唱夜闌風靜欲歸時惟有一江明月碧琉璃

又 東坡與秦少游維揚飲別作此詞 或刻賀方回或刻黃山谷或刻秦淮海或刻晏小山

波聲拍枕長淮曉隙月窺人小無情汴水自東流只載一船離恨向西州 竹溪花浦曾同醉酒味多於淚誰

教風鑑在塵埃醞造一場煩惱送人來

又

落花已作風前舞又送黄昏雨曉來庭院半殘紅惟有遊絲千丈裊晴空　慇懃花下重攜手更盡杯中酒美人不用斂歌眉我亦多情無奈酒闌時

又

水肌自是生來瘦那更分飛後日長簾幙望黄昏及至黄昏時候轉銷魂　君還知道相思苦怎忍抛奴去不

辭迨遞過關山只恐别郎容易見郎難

又

深深庭院清明過桃李初紅破柳絲搭在玉欄干簾外瀟瀟微雨做輕寒　晚晴臺榭增明媚已拚花前醉更闌人静月侵廊獨自行來行去好思量

又

持盃遥勸天邊月願月圓無缺持盃更復勸花枝且願花枝長在莫離披　持盃月下花前醉休問榮枯事此

歡能有幾人知對酒逢花不飲待何時

一斛珠

洛城春晚垂楊亂掩紅樓半小池輕浪紋如篆燭下花前曾醉離歌宴　自惜風流雲雨散關山有限情無限待君重見尋芳伴為說相思目斷西樓燕

醉落魄舊刻四首山谷老人云醉醒醒醉非東坡作刪去　席上呈元素

分攜如昨人生到處萍飄泊偶然相聚還離索多病多愁須信從來錯　樽前一笑休辭却天涯同是傷淪落

故山猶負平生約西望峨嵋長羨歸飛鶴

又 蘇州閶門留別 一刻山谷但故山歸計何時決作故鄉歸路無因得

蒼頭華髮故山歸計何時決舊交新貴音書絶惟有佳人猶作殷勤別 離亭欲去歌聲咽瀟瀟細雨涼吹頬淚珠不用羅巾裛彈在羅衣圖得見時說

又 離京口作

輕雲微月二更酒醒船初發孤城回望蒼烟合公子佳人不記歸時節 巾偏扇墜藤牀滑覺來幽夢無人說

此生飄蕩何時歇家在西南長作東南別

臨江仙 龍丘子自洛之蜀載二侍女戎裝駿馬至溪山佳處輒留數日見者以為異人後十年築室黃岡之北號曰靜菴居士作此贈之

細馬遠馱雙侍女青巾玉帶紅靴溪山好處便為家誰知巴峽路却見洛城花 面旋落英飛玉蕊人間春日初斜十年不見紫雲車龍邱新洞府鉛鼎養丹砂

又 贈送

詩句揣來磨我鈍鈍錐不解生鋩歡顔為我解氷霜酒

闌清夢覺春草滿池塘　應念雪堂坡下老昔年共採芸香功成名遂早還鄉回車來過我喬木擁千章

又　辛未離杭至潤別張弼東道

我勸髯張歸去好從來自己忘情塵心消盡道心平江南與塞北何處不堪行　俎豆庚桑真過矣憑君說與南榮願聞吳越報豐登君王如有問結襪賴王生

又　冬日即事

自古相從休務日何妨低唱微吟天垂雲重作春陰坐

中人半醉簾外雪將深　聞道分司狂御史紫雲無路追尋淒風寒雨更駸駸問囚長損氣見鶴總驚心

又送王緘

忘卻成都來十載因君未免思量憑將清淚灑江陽故山知好在孤客自悲涼　坐上别愁君未見歸來欲斷無腸殷勤且更盡離觴此身如傳舍何處是吾鄉

又夜到揚州席上作

尊酒何人懷李白草堂遥指江東珠簾十里卷香風花

開花又謝離恨幾千重　輕舸渡江連夜到一時驚笑衰容語音猶自帶吳儂夜闌相對處依舊夢魂中

又

九十日春都過了貪忙何處追遊三分春色一分愁雨翻榆莢陣風轉柳花毬　閬苑先生須自責蟠桃動是千秋不知人世苦厭求東皇不拘束肯為使君留

又 風水洞作

四大從來都遍滿此間風水何疑故應為我發新詩幽

花香澗谷寒藻舞淪漪　借與玉川生兩腋天仙未必相思還憑流水送人歸層巔餘落日草露已沾衣

又

一別都門三改火天涯踏盡紅塵依然一笑作春溫無波真古井有節是秋筠　惆悵孤帆連夜發送行淡月微雲尊前不用翠眉顰人生如逆旅我亦是行人

又　疾愈登望湖樓贈項長官

多病休文都瘦損不堪金帶垂腰望湖樓上暗香飄和

風春弄袖明月夜聞簫　酒醒夢回清漏永隱牀無限更潮佳人不見董嬌娆徘徊花上月空度可憐宵

又

夜飲東坡醒復醉歸來髣髴三更家童鼻息已雷鳴敲門都不應倚杖聽江聲　長恨此身非我有何時忘却營營夜闌風靜縠紋平小舟從此逝江海寄餘生

又

冬夜夜寒氷合井畫堂明月侵幃青缸明滅照悲啼青

缸挑欲盡粉淚裛還垂　未盡一尊先掩淚歌聲半帶

清悲情聲兩盡莫相違欲知腸斷處梁上暗塵飛

又贈王友道

誰道東陽都瘦損凝然點漆精神瑶林終自隔風塵試

看披鶴氅仍是謫仙人　省可清言揮玉塵真須保器

全真風流何似道家純不應同蜀客唯愛卓文君

又元刻不載

昨夜渡江何處宿望中疑是秦淮月明誰起笛中哀多

情王謝女相逐過江來　雲雨未成還又散思量好事
難諧憑陵急槳兩相催想伊歸去後應似我情懷

蝶戀花 春景

花褪殘紅青杏小燕子飛時綠水人家繞枝上柳綿吹
又少天涯何處無芳草　牆裏鞦韆牆外道牆外行人
牆裏佳人笑笑漸不聞聲漸杳多情却被無情惱 飛一作來

又 佳人

一顆櫻桃樊素口不愛黃金只愛人長久學畫鴉兒猶

未就眉尖已作傷春皺　撲蝶西園隨伴走花落花開漸解相思瘦破鏡重圓人在否章臺折盡青青柳

又 送春

雨過春容清更麗只有離人幽恨終難洗北固山前三面水碧瓊梳擁青螺髻　一紙鄉書來萬里問我何年真個成歸計白首送春拚一醉東風吹破千行淚

又 暮春別李公擇

蔌蔌無風花自嚲寂寞園林柳老櫻桃過落日多情還

照座山青一點橫雲破　路盡河回千轉柁繫纜漁村月暗孤燈火憑仗飛魂招楚些我思君處君思我

又 密州上元

燈火錢塘三五夜明月如霜照見人如畫帳底吹笙香吐麝此般風味應無價　寂莫山城人老也擊鼓吹簫乍入農桑社火冷燈希霜露下昏昏雪意雲垂野

又 密州冬夜文安國席上作

簾外東風交雨霰簾裏佳人笑語如鶯燕深惜今年正

月暖燈光酒色搖金盞　摻鼓漁陽撾未遍舞裙瓊釵
汗濕香羅軟今夜何人吟古怨清詩未就冰生硯

又　過漣水贈趙晦之

自古漣漪佳絕地繞郭荷花欲把吳興比倦客塵埃何
處洗真君堂下寒泉水　左海門前酤酒市夜半潮來
月下孤舟起傾蓋相逢拚一醉雙鳧飛去人千里

又　述懷

雲水縈回溪上路疊疊青山環繞溪東注月白沙汀翹

宿鷺更無一點塵來處　溪叟相看私自語底事區區
苦要為官去尊酒不空田百畝歸來分得閒中趣

又　離別

春事闌珊芳草歇客裏風光又過清明節小院黄昏人
憶別落紅處處聞啼鴂　咫尺江山分楚越目斷魂消
應是音塵絶夢破五更心欲折角聲吹落梅花月

又　送潘大臨

別酒勸君君一醉清潤潘郎又是何郎壻記取釵頭新

利市莫將分付東鄰子　回首長安佳麗地三十年前
我是風流帥為向青樓尋舊事花枝缺處餘名字

又　同安生日放魚取金光明經救魚事

泛泛東風初破五江柳微黄萬萬千千縷佳氣鬱葱來
繡户當年江上生奇女　一盞壽觴誰與舉三箇明珠
膝上王文度放盡窮鱗看圉圉天公為下曼陀雨

又　下五調俱元刻不載

記得畫屏初會遇好夢驚回望斷高唐路燕子雙飛來

又去紗窓幾度春光暮　那日繡簾相見處低眼佯行笑整香雲縷斂盡春山羞不語人前深意難輕訴

又

昨夜秋風來萬里月上屏幃冷透人衣袂有客抱衾愁不寐那堪玉漏長如歲　羈舍留連歸計未夢斷魂銷一枕相思淚衣帶漸寬無別意新書報我添顦顇

又　或刻晏同叔

玉枕氷寒消暑氣碧簟紗廚向午朦朧睡鶯舌惺憁如

會意無端畫扇驚飛起　雨後初涼生水際人面桃花
的的遥相似眼看紅芳猶抱蕋叢中已結新蓮子

又

雨霰疎疎經潑火巷陌鞦韆猶未清明過杏子梢頭香
蕾破淡紅褪白胭脂浣　苦被多情相折挫病緒厭厭
渾似年時箇遶遍迴廊還獨坐月籠雲暗重門鎖

又

蝶懶鶯慵春過半花落狂風小院殘紅滿午醉未醒紅

日晚黄昏簾幙無人捲　雲鬟鬅鬆眉黛淺總是愁媒欲訴誰消遣未信此情難繫絆楊花猶有東風管

荷華媚荷花

霞苞霓荷碧天然地别是風流標格重重青葢下千嬌照水好紅紅白白　每悵望明月清風夜甚低迷不語妖邪無力終須放船兒去清香深處住看伊顔色

漁家傲金陵賞心亭送王勝之龍圖王守金陵視事一日移南郡

千古龍蟠并虎踞從公一弔興亡處渺渺斜風吹細雨

芳草渡江南父老留公住　公駕飛車凌彩霧紅鸞驂乘青鸞馭却訝此洲名白鷺非吾侶翩然欲下還飛去

又 送台守江郎中

送客歸來燈火盡西樓淡月涼生暈明日潮來無定準風未穩舟橫渡口重城近　江水似知孤客恨南風為解佳人愠莫學時流輕久困頻寄問錢塘江上須忠信

又

皎皎牽牛河漢女盈盈臨水無由語望斷碧雲空日暮

無尋處夢回芳草生春浦　烏散餘花紛似雨汀洲蘋老香風度明月多情來照户但攬取清光長送人歸去

又　送張元唐省親秦州

一曲陽關情幾許知君欲向秦川去白馬皂貂留不住回首處孤城不見天霖霧　到日長安花似雨故關楊柳初飛絮漸見靴刀迎夾路誰得似風流膝上王文度

又　贈曹光州

此小白鬚何用染幾人得見星星點作郡浮光雖似箭

君莫厭也應勝我三年貶　我欲自嗟還不敢向來三郡寧非忝婚嫁事稀年冉冉知有漸千鈞重擔從頭減

又 元刻不載

臨水縱橫回晚鞚歸來轉覺情懷動梅笛烟中聞幾弄秋陰重西山雪淡雲凝凍　美酒一杯誰與共尊前舞雪狂歌送腰跨金魚旌斾擁將何用衹堪粧點浮生夢

定風波 十月九日孟亨之置酒秋香亭有拒霜獨向君猷而開坐客喜笑以為非使君莫可當此花故作是詞

兩兩輕紅半暈腮依依獨為使君回若道使君無此意何為雙花不向别人開　但看低昂烟雨裏不已勸君休訴十分杯更問尊前狂副使來歲花開時節與誰來

又　三月七日沙湖道中遇雨雨具先去同行皆狼狽余獨不覺已而遂晴故作此詞

莫聽穿林打葉聲何妨吟嘯且徐行竹杖芒鞵輕勝馬誰怕一蓑烟雨任平生　料峭春風吹酒醒微冷山頭斜照却相迎回首向來瀟灑處歸去也無風雨也無晴

又　重陽栝杜牧之詩

與客攜壺上翠微江涵秋影雁初飛塵世難逢開口笑年少菊花須插滿頭歸　酩酊但酬佳節了雲嶠登臨不用怨斜暉古往今來誰不老多少牛山何必更沾衣

又　感舊

莫怪鴛鴦繡帶長腰輕不勝舞衣裳薄倖只貪遊冶去何處垂楊繫馬恣輕狂　花謝絮飛春又盡堪恨斷絃塵管伴啼粧不信歸來但自看怕見為郎顦顇却羞郎

又　送元素

千古風流阮步兵平生遊宦愛東平千里遠來還不住歸去空留風韻照人清　紅粉尊前深懊惱知道怎生留得許多情記得明年花絮亂須看泛西湖是斷腸聲

又　元豐六年七月六日王文甫家飲釀白酒大醉集古句作墨竹詞

雨洗涓涓嫩葉光風吹細細綠筠香秀色亂侵書帙晚簾卷清陰微過酒尊涼　人畫竹身肥擁腫何用先生落筆勝蕭郎記得小軒岑寂夜廊下月和疎影上東牆

又　詠紅梅

好睡慵開莫厭遲自憐氷臉不時宜偶作小紅桃杏色閑雅尚餘孤瘦雪霜姿　休把閑心隨物態何事酒生微暈沁瑶肌詩老不知格在吟詠更看緑葉與青枝

又

余昔與張子野劉孝叔李公擇陳令舉楊公素會于吳興時子野作六客詞其卒章盡道賢人聚吳分試問也應旁有老人星凡二十五年再過吳興而五人者皆已亡矣時張仲謀與曹子方劉景文蘇伯固張秉道為坐客仲謀請作後六客詞

月滿苕溪照夜堂五星一老闘光芒十五年間真夢裏何事長庚對月獨凄涼　緑鬢蒼顔同一醉還是六人

吟笑水雲鄉賓主談鋒誰得似看取曹劉今對兩蘇張

又　王定國歌兒曰柔奴姓宇文氏眉目娟麗善應對家世住京師定國南遷歸余問柔廣南風土應是不好柔對曰此心安處便是吾鄉因為綴詞云

常羨人間琢玉郎天教分付點酥娘自作清歌傳皓齒風起雪飛炎海變清涼　萬里歸來顏愈少微笑時時猶帶嶺梅香試問嶺南應不好却道此心安處是吾鄉

十拍子　暮秋

白酒新開九醞黃花已過重陽身外儻來都似夢醉裏

無何即是鄉東坡日月長　玉粉旋烹茶乳金虀新擣
橙香强染霜髭扶翠袖莫道狂夫不解狂狂夫老更狂

蘇幙遮 詠選仙圖

暑籠晴風解愠雨後餘清暗襲衣裾潤一局選仙逃暑
困笑指尊前誰向青霄近　整金盆輪玉笋鳳駕鸞車
誰敢爭先進重五休言升最緊縱有碧油到了輪堂印

調笑令

漁父漁父江上微風細雨青蓑黄篛裳衣紅酒白魚暮

歸歸暮歸暮長笛一聲何處　歸雁歸雁飲啄江南南岸將飛却下盤旋塞外春來苦寒苦寒苦寒藻荇欲生且住

行香子　密雲龍茶名極為甘馨宋廖正一字明畧嘗登蘇東坡之門公大奇之時黃秦晁張號蘇門四學士東坡待之厚每來必令侍妾朝雲取密雲龍家人以此知之一日又命取密雲龍家人謂是四學士窺之乃廖明略也

綺席纔終歡意猶濃酒闌時高興無窮笑誇君賜初拆臣封看分香餅黃金縷密雲龍　鬬贏一水功敵千鍾

覺涼生兩腋清風暫留紅袖少却紗籠放笙歌散庭館

靜畧從容

又 寓意

三入承明四至九卿問書生何辱何榮金張七葉紈綺

貂纓無汗馬事不獻賦不明經　成都卜肆寂莫君平

鄭子真巖谷躬耕寒灰炙手人重人輕除竺乾學得無

念得無名

又 述懷

清夜無塵月色如銀酒斟時須滿十分浮名浮利休苦勞神歎隙中駒石中火夢中身 雖抱文章開口誰親且陶陶樂盡天真幾時歸去作箇閑人對一張琴一壺酒一溪雲

又 秋興

涼夜霜風先入梧桐渾無處回避衰容問公何事不語書空但一回醉一回病一回慵 秋來庭下光陰如箭似無言有意傷儂都將萬事付與千鍾任酒花白眼花

亂燭花紅

又 冬思

攜手江村梅雪飄裙情何限處處銷魂故人不見舊曲重聞向望湖樓孤山寺湧金門 尋常行處題詩千首繡羅衫與拂紅塵别來相憶知是何人有湖中月江邊柳隴頭雲

又 過七里灘

一葉舟輕雙槳鴻驚水天清影湛波平魚翻藻鑑鷺點

烟汀過沙溪急涼溪冷月溪明 重重似畫曲曲如屏
算當初空老嚴陵君臣一夢今古虛名但遠山長雲山
亂曉山青

又 與泗守過南山晚歸作

北望平川野水荒灣笑尋春飛步孱顏一作潺湲和風弄袖
香霧縈鬟正酒酣適人語笑白雲間 飛鴻落照相將
歸去澹娟娟玉宇清閑何人無事晏坐空山望長橋上
燈火亂使君還

青玉案 和賀方回韻送伯固歸吳中故居

三年枕上吳中路遣黄耳隨君去若到松江呼小渡莫驚鷗鷺四橋盡是老子經行處 輞川圖上看春暮常記高人右丞句作箇歸期天已許春衫猶是小蠻針線曾濕西湖雨

殢人嬌 王都尉席上贈侍人

滿院桃花盡是劉郎未見於中更一枝纖軟仙家日月笑人間春晚濃睡起驚飛亂紅千片 密意難窺羞容

易見平白地為伊腸斷問君終日怎安排心眼須信道

司空自來見慣

又 贈朝雲

白髮蒼顔正是維摩境界空方丈散花何礙朱脣箸點

更髻鬟生采這些箇千生萬生只在 好事心腸著人

情態閑窓下斂雲凝黛明朝端午學紉蘭為佩尋一首

好詩要書裙帶

又 戲邦直

别駕來時滿城燈火無數向青瑣隙中偷覷元來便是共綵鸞仙侶方見了管須低聲説與　百子流蘇千枝寶炬人間有洞房烟霧春來何事故抛人别處坐望斷樓中遠山歸路

江城子　陶淵明以正月五日遊斜川臨流班坐顧瞻南阜愛曾城之獨秀乃作斜川詩至今使人想見其處元豐壬戌之春余躬耕於東坡築雪堂居之南挹四望亭之後邱西控北山之微泉慨然而歎此亦斜川之遊也乃作長短句以江城子歌之　舊刻十四首攷南來飛燕北歸鴻是秦淮海作删

夢中了了醉中醒只淵明是前生走遍人間依舊却躬耕昨夜東坡春雨足烏鵲喜報新晴　雪堂西畔暗泉鳴北山傾小溪橫南望亭邱孤秀聳曾成都是斜川當日境吾老矣寄餘齡

又　述古去餘杭為去思者作　元刻孤竹閣送述古

翠蛾羞黛怯人看掩霜紈淚偷彈且盡一尊收淚唱陽關漫道帝城天樣遠天易見見君難　畫堂新搆近孤山曲欄干為誰安飛絮落花春色屬明年欲棹小舟尋

舊事無處問水連天

又 湖上與張先同賦元刻江景

鳳皇山下雨初晴水風清晚霞明一朶芙蕖開過尚盈盈何處飛來雙白鷺如有意慕娉婷 忽聞江上弄哀箏苦含情遣誰聽烟斂雲收依約是湘靈欲待曲終尋問取人不見數峯青

又 獵詞

老夫聊發少年狂左牽黃右擎蒼錦帽貂裘千騎卷平

岡為報傾城隨太守親射虎看孫郎 酒酣胷膽尚開
張鬢微霜又何妨持節雲中何日遣馮唐會挽雕弓如
滿月西北望射天狼

又 恨別

天涯流落思無窮既相逢却匆匆攜手佳人和淚折殘
紅為問東風餘幾許春縱在與誰同 隋堤三月水溶
溶背歸鴻去吳中回望彭城清泗與淮通寄我相思千
點淚流不到楚江東

又 冬景

相逢不覺又初寒對尊前惜流年風緊離亭氷結淚珠圓雪意留君君且住從此去少清歡　轉頭山下轉頭看路漫漫玉花翻銀海光寬何處是超然知道故人相念否攜翠袖倚朱欄

又 大雪有懷朱康叔使君亦知使君之念我也作江神子以寄之

黄昏猶是雨纖纖曉開簾欲平簷江闊天低無處認青帘孤坐凍吟誰伴我揩病目撚衰髯　使君留客醉厭

厭水晶鹽為誰甜手把梅花東望憶陶潛雪似故人人似雪雖可愛有人嫌

又

陳直方妾嵇錢塘人也丐新詞為作此錢塘人好唱陌上花緩緩曲余嘗作數絕以紀其事矣

玉人家在鳳皇山水雲間掩門閑門外行人立馬看弓彎十里春風誰指似斜日映繡簾斑　多情好事與君還憐新鰥拭餘潸明月空江香霧著雲鬟陌上花開看盡也聞舊曲破朱顏

又

十年生死兩茫茫不思量自難忘千里孤墳無處話淒涼縱使相逢應不識塵滿面鬢如霜　夜來幽夢忽還鄉小軒窗正梳粧相顧無言惟有淚千行料得年年腸斷處明月夜短松岡

又　或刻葉夢得　或刻張元幹

銀濤無際卷蓬瀛落霞明暮雲平曾見青鸞紫鳳下層城二十五絃彈不盡空感慨惜離情　蒼梧烟水斷歸程卷霓旌為誰迎空有千行流淚寄幽貞舞罷魚龍雲

海晚千古恨入江聲

又

前瞻馬耳九仙山碧連天晚雲間城上高臺真箇是超然莫使匆匆雲雨散今夜裏月嬋娟　小溪鷗鷺靜聯拳去翩翩點輕烟人事淒涼迴首便他年莫忘使君歌笑處垂柳下矮槐前

又

墨雲拖雨過西樓水東流晚烟收柳外殘陽回照動簾

鈎今夜巫山真箇好花未落酒新篘　美人微笑轉星眸月華羞捧金甌歌扇縈風吹散一春愁試問江南諸伴侶誰似我醉揚州

又 元刻不載

膩紅勻臉襯檀脣晚粧新暗傷春手撚花枝誰會兩眉顰連理帶頭雙鳳翼留待與箇中人　淡煙籠月繡簾陰畫堂深夜沉沉誰道紅絲能繫得人心一自綠窗偷見後便嚲顔到如今

千秋歲 湖州暫來徐州重陽作

淺霜侵緑髮少仍新沐冠直縫巾横幅美人憐我老玉手簪黄菊秋露重真珠落袖沾餘馥 座上人如玉花映花奴肉蜂蝶亂飛相逐明年人縱健此會應難復須細看晚來月上和銀燭

何滿子 湖州作

見説岷峨悽愴旋聞江漢澄清但覺秋來歸夢好西南自有長城東府三人最少西山八國初平 莫負花溪

縱賞何妨藥市微行試問當壚人在否空教是處聞名
唱著子淵新曲應須分外含情

祝英臺近 惜别

挂輕帆飛急槳還過釣臺路酒病無聊欹枕聽鳴艣斷
腸簇簇雲山重重烟樹回首望孤城何處 閒離阻誰
念縈損襄王何曾夢雲雨舊恨前歡心事兩無據要知
欲見無由癡心猶自倩人道一聲傳語

一叢花

今年春淺臘侵年氷雪破春妍東風有信無人見露微意柳際花邊寒夜縱長孤衾易暖鐘鼓漸清圓 朝來初日半含山樓閣淡疎烟遊人便作尋芳計小桃杏應已爭先衰病少情疎慵自放惟愛日高眠

皂羅特髻 采菱拾翠

采菱拾翠算似此佳名阿誰消得采菱拾翠稱使君知客千金買采菱拾翠更羅裙滿把真珠結采菱拾翠正髻鬟初合 真箇采菱拾翠但深憐輕拍一雙手采菱

拾翠繡衾下抱著俱香滑采菱拾翠待到京尋覓

洞仙歌 詠柳

江南臘盡早梅花開後分付新春與垂柳細腰肢自有入格風流仍更是骨體清英雅秀　永豐坊那畔盡日無人惟見金絲弄晴晝斷腸是飛絮時綠葉成陰無箇事一成消瘦又莫是東風逐君來便吹散眉間一點春皺

又

僕七歲時見眉山老尼姓朱忘其名年九十餘自言嘗隨其師入蜀主孟昶宮中一日大熱蜀主與花蕊夫人夜起避暑摩訶池上作一詞朱具能記之今四十年朱已死矣人無知此詞者

獨記其首兩句暇日尋味豈洞仙歌令乎乃為足之

冰肌玉骨自清涼無汗水殿風來暗香滿繡簾開一點明月窺人人未寢欹枕釵横鬢亂　起來攜素手庭户無聲時見疎星渡河漢試問夜如何夜已是三更金波淡玉繩低轉但屈指西風幾時來又不道流年暗中偷換

勸金船　和元素韻自撰腔命名

無情流水多情客勸我如曾識盃行到手休辭却這公道難得曲水池上小字更書年月如對茂林脩竹似永

和節　纖纖素手如霜雪笑把秋花插尊前莫怪歌聲咽又還是輕别此去翺翔遍賞玉堂金闕欲問再來何歲應有華髮

意難忘　妓館元刻不載

花擁鴛房記駞肩髻小約鬟眉長輕身翻燕舞低語轉鸎簧相見處便難忘肯親度瑶觴向夜闌歌翻郢曲帶換韓香　别來音信難將似雲移楚峽雨散巫陽相逢情有在不語意難量些些箇事斷人腸怎禁得恓惶待與

伊移根換葉試又何妨

滿江紅 董義夫名鉞自梓曹得罪歸鄱陽過東坡於齊安怪其豐暇自得曰吾再娶柳氏三日而去官吾固不戚戚而憂柳氏不能忘懷於進退也已而欣然同憂患如處富貴吾是以益安焉乃令家僮歌其所作滿江紅東坡嗟歎之次其韻

憂喜相尋風雨過一江春緑巫峽夢至今空有亂山屏簇何似伯鸞攜德耀簞瓢未足清歡足漸燦然光彩照階庭生蘭玉 幽夢裏傳心曲腸斷處憑他續文君壻知否笑君卑辱君不見周南歌漢廣天教夫子休喬木

便相將左手抱琴書雲間宿

又 寄鄂州朱使君

江漢西來高樓下蒲萄深碧猶自帶岷峨雲浪錦江春色君是南山遺愛守我為劒外思歸客對此間風物豈無情慇懃說 江表傳君休讀狂處士真堪惜空洲對鸚鵡葦花蕭瑟獨笑書生爭底事曹公黃祖俱飄忽願使君還賦謫仙詩追黃鶴

又 東武會流盃亭

東武南城新堤固漣漪初溢隱隱遍長林高阜臥紅堆碧枝上殘花吹盡也與君更向江頭覔問向前猶有幾多春三之一　官裏事何時畢風雨外無多日相將泛曲水滿城爭出君不見蘭亭脩禊事當時座上皆豪逸到如今脩竹滿山陰空陳迹

又　懷子由作

清潁東流愁目斷孤帆明滅宦遊處青山白浪萬重千疊孽負當年林下意對牀夜雨聽蕭瑟恨此生長向別

離中添華髮　一樽酒黄河側無限事從頭説相看恍如昨許多年月衣上舊痕餘苦淚眉間喜氣添黄色便與君池上覓殘春花如雪

又　正月十三日送姜安國還朝

天豈無情天也解多情留客春向暖朝來底事尚飄輕雪君過春來紆組綬我應歸去躭泉石恐異時盃酒忽相思雲山隔　浮世事俱難必人縱健頭應白何辭更一醉此歡難覓欲向佳人訴離恨淚珠先已凝雙睫但

莫追新燕却來時音書絶

滿庭芳　元豐七年四月一日余将自黄移汝留別雪堂鄰里二三君子會李仲覽自江東來別遂書以遺之舊刻七首考北苑龍團是淮海作刪

歸去來兮吾歸何處萬里家在岷峨百年强半來日苦無多坐見黄州載閏兒童盡楚語吳歌山中友雞豚社飲相勸老東坡　云何當遠去人生底事來往如梭待閑看秋風洛水清波好在堂前細柳應念我莫剪柔柯仍傳語江南父老時與曬漁蓑

又　余居黄五年將赴臨汝作滿庭芳一篇以别黄人既至南都蒙恩放歸陽羨復作一篇

歸去來兮清溪無底上有千仞嵯峨畫橋西畔天遠夕陽多老去君恩未報空回首彈鋏悲歌船頭轉長風萬里歸馬駐平坡　無何何處是銀潢盡處天女停梭問人間何事久戲風波顧問同來穉子應爛汝腰下長柯青衫破羣仙笑我千縷挂烟蓑

又　佳人

香靉雕盤寒生氷筯畫堂别是風光主人情重開宴出

紅粧膩玉圓搓素頸藕絲嫩新織仙裳雙歌罷虚櫚轉月餘韻尚悠颺　人間何處有司空見慣應謂尋常坐中有狂客惱亂愁腸報道金釵墜也十指露春笋纖長親曾見全勝宋玉想像賦高唐

又或注警悟

蝸角虛名蠅頭微利算來著甚乾忙事皆前定誰弱又誰强且趂閒身未老儘放我些子踈狂百年裏渾教是醉三萬六千場　思量能幾許憂愁風雨一半相妨又

何須抵死說短論長幸對清風皓月苔茵展雲幙高張江南好千鍾美酒一曲滿庭芳

又 有王長官者棄官三十三年黄人謂之王先生因送陳慥來過余因賦

三十三年今誰存者算只君與長江凜然蒼檜霜榦若難雙聞道司州古縣雲溪上竹塢松窗江南岸不因送子寧肯過吾邦　摐摐疎雨過風林舞破烟葢雲幢願持此邀君一飲空缸居士先生老矣真夢裏相對殘缸歌舞斷行人未起船鼓已逢逢

又 余年十七始與劉仲達往來于眉山今年四十九相逢于泗上淮水淺凍久留郡中晦日同遊南山話舊感歎因作此詞

三十三年漂流江海萬里烟浪雲帆故人驚怪顦顇老青衫我自踈狂異趣君何事奔走塵凡流年盡窮途坐守船尾凍相銜 巉巉淮浦外層樓翠壁古寺空嵒步攜手林閒笑挽纖纖莫上孤峯盡處縈望眼雲水相攙家何在因君問我歸步遶松杉

水調歌頭 快哉亭作

落日繡簾捲亭下水連空知君為我新作窗戶濕青紅長記平山堂上攲枕江南烟雨杳杳沒孤鴻認得醉翁語山色有無中　一千頃都鏡淨倒碧峰忽然浪起掀舞一葉白頭翁堪笑蘭臺公子未解莊生天籟剛道有雌雄一點浩然氣千里快哉風

又

余去歲在東武作水調歌頭以寄子由今年子由相從彭城百餘日過中秋而去作曲以別余以其語過悲乃為和之其意以不早退為戒以退而相從之樂為慰云耳

安石在東海從事鬢驚秋中年親友難別絲竹緩離愁

一旦功成名遂準擬東還海道扶病入西州雅志因軒冕遺恨寄滄洲　歲云暮須早計要褐裘故鄉歸去千里佳處輙遲留我醉歌時君和醉倒須君扶我惟酒可忘憂一任劉玄德相對臥高樓

又　丙辰中秋歡飲達旦大醉作此篇兼懷子由

明月幾時有把酒問青天不知天上宫闕今夕是何年我欲乘風歸去又恐瓊樓玉宇高處不勝寒起舞弄清影何似在人間　轉朱閣抵綺戶照無眠不應有恨何

事長向別時圓人有悲歡離合月有陰晴圓缺此事古
難全但願人長久千里笑嬋娟

又

歐陽文忠公嘗問余琴詩何者最善答以退之穎師琴詩最善公曰此詩最奇麗然非聽琴乃聽琵琶也余深善之建安張質夫家善琵琶者乞為歌詞余久不作特取退之詞稍加檃括使就聲律以遺之

昵昵兒女語燈火夜微明恩怨爾汝來去彈指淚和聲
忽變軒昂勇士一鼓填然作氣千里不留行回首暮雲
遠飛絮攪青冥衆禽裏真彩鳳獨不鳴躋攀寸步千

險一落百尋輕頫子指間風雨置我腸中氷炭起坐不能平推手從歸去無淚與君傾

又　子由徐州中秋作

離別一何久七度過中秋去年東武今夕明月不勝愁豈意彭城山下同泛清河古汴船上載涼州鼓吹助清賞鴻雁起汀洲　坐中客翠羽被紫綺裘素娥無賴西去曾不為人留今夜清尊對客明夜孤帆水驛依舊照離憂但恐同王粲相對永登樓

雨中花慢 初至密州以旱蝗齋素者累月方春牡丹盛開不獲一賞至九月忽開千葉一朶雨中爲置酒作

今歲花時深院盡日東風蕩漾茶烟但有綠苔芳草柳絮榆錢聞道城西長廊古寺甲第名園有國豔帶酒天香染袂為我留連 清明過了殘紅無處對此淚灑尊前秋向晚一枝何事向我依然高會聊追短景清商不假餘妍不如留取十分春態付與明年

又 元刻逸

邃院重簾何處惹得多情愁對風光睡起酒闌花謝蝶
亂蜂忙今夜何人吹笙北嶺待月西廂空帳望處一株
紅杏斜倚低牆　羞顏易變傍人先覺到處被著猜防
誰信道些些兒恩愛無限淒涼好事若無間阻幽歡却是
尋常一般滋味就中香美除是偷嘗

又　元刻逸

嫩臉羞蛾因甚化作行雲却返巫陽但有寒燈孤枕皓
月空牀長記當初乍諧雲雨便學鸞皇又豈料正好三

春桃李一夜風霜　丹青畫無言無笑看了漫結愁腸
襟袖上猶存殘黛漸減餘香一自醉中忘了奈何酒後
思量算應負你枕前珠淚萬點千行

八聲甘州寄參寥子

有情風萬里卷潮來無情送潮歸問錢塘江上西興浦
口幾度斜暉不用思量今古俯仰昔人非誰似東坡老
白首忘機　記取西湖西畔正暮山好處空翠烟霏算
詩人相得如我與君稀約他年東還海道願謝公雅志

莫相違西州路不應回首為我沾衣

醉蓬萊 重九上君猷

笑勞生一夢覊旅三年又還重九華髮蕭蕭對荒園搔首賴有多情好飲無事似古人賢守歲歲登高年年落帽物華依舊 此會應須爛醉仍把紫菊茱萸細看重嗅摇落霜風有手栽雙柳來歲今朝為我西顧酹羽觴江口會與州人飲公遺愛一江醇酎

三部樂 情景

美人如月乍見掩暮雲更增妍絶筭應無恨安用陰晴圓缺嬌甚空只成愁待下牀又嬾未語先咽數日不來落盡一庭紅葉　今朝置酒强起閙為誰減動一分香雪何事散花却病維摩無疾却低眉慘然不盦唱金縷一聲怨切堪折便折且惜取少年花發

念奴嬌 赤壁懷古

大江東去浪淘盡千古風流人物故壘西邊人道是三國周郎赤壁亂石穿空驚濤拍岸捲起千堆雪江山如

畫一時多少豪傑　遥想公瑾當年小喬初嫁了雄姿英發羽扇綸巾談笑間强虜灰飛烟滅故國神遊多情應笑我早生華髮人間如夢一尊還酹江月

又　中秋

憑高眺遠見長空萬里雲無留迹桂魄飛來光射處冷浸一天秋碧玉宇瓊樓乘鸞來去人在清涼國江山如畫望中煙樹歷歷　我醉拍手狂歌舉盃邀月對影成三客起舞徘徊風露下今夕不知何夕便欲乘風翩然

歸去何用騎鵬翼水晶宮裏一聲吹斷橫笛

水龍吟 昔謝自然欲過海求師蓬萊至海中或謂自然蓬萊隔弱水三十萬里不可到天台有司馬子微身居赤城名在絳闕可往從之自然乃還受道于子微白日仙去子微又嘗著坐忘論七篇樞一篇年百餘將終謂弟子曰吾居玉霄峯東望蓬萊嘗有真靈降焉今為東海青童君所召乃蟬脫而去其後李太白作大鵬賦云嘗見子微于江陵謂余有仙風道骨可與神遊八極之表元豐七年冬余過臨淮而湛然先生梁公在焉童顏清徹如二三十許人然人亦有自少見之者善吹鐵笛嘹然有穿雲裂石之聲乃作水龍吟一首記子微太白之事倚其聲而歌之

古來雲海茫茫蓬山絳闕知何處人間自有赤城居士龍蟠鳳舉清淨無為坐忘遺照八篇奇語向玉霄東望蓬萊晻靄有雲駕驂風馭 行盡九州四海笑紛紛落花飛絮臨江一見謫仙風采無言心許八表神遊浩然相對酒酣箕踞待垂天賦就騎鯨路穩約相將去

又

嶺南大守閭邱公顯致仕居姑蘇東坡每過必留連嘗言過姑蘇不遊虎丘不謁閭丘乃二欠事其重之如此一日出其後房佐酒有懿卿者甚有才色善吹笛因作水龍吟贈之 一云贈趙晦之吹笛侍兒

楚山脩竹如雲異材秀出千林表龍鬚半翦鳳膺微漲玉肌匀繞木落淮南雨晴雲夢月明風裊自中郎不見桓伊去後知辜負秋多少　聞道嶺南太守後堂深緑珠嬌小綺窻學弄梁州初遍霓裳未了嚼徵含宮泛商流羽一聲杪為使君洗盡蠻風瘴雨作霜天曉

又　次韻章質夫楊花詞

似花還似非花也無人惜從教墜拋街傍路思量却是無情有思縈損柔腸困酣嬌眼欲開還閉夢隨風萬里

尋郎去處又還被鶯呼起　不恨此花飛盡恨西園落紅難綴曉來雨過遺蹤何在一池萍碎春色三分二分塵土一分流水細看來不是楊花點點是離人淚

又　閭邱大夫孝直公顯常守黄州作棲霞樓為郡中勝絶元豐五年予謫居於黄正月十七日夢扁舟渡江中流回望樓中歌樂雜作舟中人言公顯方會客也覺而異之乃作此詞公顯時已致仕在蘇州

小舟橫截春江臥看翠壁紅樓起雲間笑語使君高會佳人半醉危柱哀絃豔歌餘響遶雲縈水念故人老大

風流未減獨回首烟波裏　推枕惘然不見但空江月明千里五湖聞道扁舟歸去仍攜西子雲夢南州武昌南岸昔遊應記料多情夢裏端來見我也參差是

又 元刻不載

小溝東接長江柳堤葦岸連雲際烟村瀟灑人間一閧漁樵早市永晝端居寸陰虛度了成何事但絲蓴玉藕珠秔錦鯉相留戀又經歲　因念浮邱舊侶慣瑤池羽觴沉醉青鸞歌舞銖衣搖曳壺中天地飄墮人間步虛

聲斷露寒風細抱素琴獨向銀蟾影裏此懷難寄

又 詠雁 元刻不載

露寒烟冷蒹葭老天外征鴻寥唳銀河秋晚長門燈悄一聲初至應念瀟湘岸遥人靜水多菰米望極平田徘徊欲下依前被風驚起　須信衡陽萬里有誰家錦書遥寄萬里雲外斜行橫陣纔疎又綴仙掌月明石頭城下影搖寒水念征衣未擣佳人拂杵有盈盈淚

歸朝歡 舊刻歸朝歌　公嘗有詩與蘇伯固其序曰昔在九江與蘇伯固唱和其畧曰我夢

扁舟浮震澤雪浪橫江千頃白覺來滿眼是廬山倚天無數開青壁蓋實夢也然公詩復云扁舟震澤定何時滿眼廬山覺又非

我夢扁舟浮震澤雪浪搖空千頃白覺來滿眼是廬山倚天無數開青壁此生長接淅與君同是江南客夢中遊覺來清賞同作飛梭擲　明日西風還挂席唱我新詞淚沾臆靈均去後楚山空澧陽蘭芷無顏色君才如夢得武陵更在西南極竹枝詞莫搖新唱誰謂古今隔

永遇樂 寄孫巨源

長憶別時景疎樓下明月如水美酒清歌留連不住月隨人千里別來三度孤光又滿冷落笑誰同醉捲珠簾淒然顧影笑伊到明無寐　今朝有客來從淮上能道使君深意憑仗清淮分明到海中有相思淚而今何在西垣清禁夜永雲華侵被此時看迴廊曉月也應暗記

又　夜宿燕子樓夢盼盼因作此詞一云徐州夢覺北登燕子樓作

明月如霜好風如水清景無限曲港跳魚圓荷瀉露寂寞無人見沈沈三鼓飄然一葉黯黯夢雲驚斷夜茫茫

重尋無覔處覺來小園行遍　天涯倦客山中歸路望斷故園心眼燕子樓空佳人何在空鎖樓中燕古今如夢何曾夢覺但有舊歡新怨異時對南樓夜景為余浩歎

又　眺望元刻不載

天末山橫半空簫鼓樓觀高起指點裁成東風滿院總是新桃李綸巾羽扇一尊飲罷目送斷鴻千里攬清歌餘音不斷縹緲尚縈流水　年來自笑無情何事猶有多情遺思綠鬢朱顏匆匆拚了却記花前醉明年春到

重尋幽夢應在亂鸎聲裏拍闌干斜陽轉處有誰共倚

無愁可解 國士范日新作越調解愁雒陽劉九伯壽聞而悦之戲作俚語之詩天下傳詠以為幾於達者龍邱子猶笑之此雖免乎愁猶有所解也者天遊於自然而託于不得已人樂亦樂人愁亦愁彼且惡乎解哉乃反其詞作無愁可解

光景百年看便一世生來不識愁味問愁何處來更開解箇甚底萬事從來風過耳何用不著心裏你喚做展卻眉便是達者也則恐未 此理本不通言何曾道歡遊勝如名利道則渾是錯不道如何即是這裏元無我

與你甚唤做物情之外若須待醉了方開解時問無酒怎生醉

沁園春

孤館燈青野店雞號旅枕夢殘漸月華收練晨霜耿耿雲山擒錦朝露溥溥世路無窮勞生有限似此區區長鮮歡微吟罷凭征鞍無語往事千端　當時笑客長安似二陸初來俱少年有筆頭千字胷中萬卷致君堯舜此事何難用舍由時行藏在我袖手何妨閒處看身長

健但優游卒歲且鬬尊前

賀新郎 余倅杭日府僚湖中高會羣妓畢集惟秀蘭不來營將督之再三乃來僕問其故答曰沐浴倦臥忽有扣門聲急起詢之乃營將催督也整粧趨命不覺稍遲時府僚有屬意於蘭者見其不來恚恨不已云必有私事秀蘭含淚力辯而僕亦從旁冷語陰為之解府僚終不釋然也適榴花開盛秀蘭以一枝藉手獻座中府僚愈怒責其不恭秀蘭進退無據但低首垂淚而已僕乃作一曲名賀新涼令秀蘭歌以侑觴聲容妙絶府僚大悅劇飲而罷

乳燕飛華屋悄無人桐陰轉午晚涼新浴手弄生綃白團扇扇手一時似玉漸困倚孤眠清熟簾外誰來推繡

户枉教人夢斷瑶臺曲又却是風敲竹　石榴半吐紅巾蹙待浮花浪蘂都盡伴君幽獨穠豔一枝細看取芳心千重似束又恐被秋風驚緑若待得君來向此花前對酒不忍觸芙粉淚兩簌簌

稍遍　陶淵明賦歸去來有其詞而無其聲余治東坡築雪堂于上人皆笑其陋獨鄱陽董毅夫過而悅之有卜隣之意乃取歸去來詞稍加隱括使就聲律以遺毅夫使家僮歌之時相從于東坡釋耒而和之扣牛角而為之節不亦樂乎

為米折腰因酒棄家口體交相累歸去來誰不遣君歸

覺從前皆非今是露未晞征夫指予歸路門前笑語諠童稚嗟舊菊都荒新松暗老吾年今已如此但小窓容膝閉柴扉策杖看孤雲暮鴻飛雲出無心鳥倦知還本非有意　噫歸去來兮我今忘我兼忘世親戚無浪語琴書中有真味步翠麓崎嶇泛溪窈窕涓涓暗谷流春水觀草木欣榮幽人自感吾生行且休矣念寓形宇内復幾時不自覺皇皇欲何之委吾心去留誰計神仙知在何處富貴非吾願但知臨水登山嘯詠自引壺觴自

醉此生天命更何疑且乘流遇坎還止其詞盖世所謂般瞻之稍遍也般瞻龜茲語也華言為五聲盖羽聲也於五音之次為第五今世作般涉誤矣稍遍三疊每疊加促字當為稍讀去聲世作哨或作涉皆非是

又春詞

睡起畫堂銀蒜押簾珠幙雲垂地初雨歇洗出碧羅天正溶溶養花天氣一霎暖風迴芳草榮光浮動卷皺銀塘水方杏靨勻酥花鬚吐繡園林翠紅排比見乳燕捎蝶過繁枝忽一綫爐香逐遊絲晝永人閑獨立斜陽晚

來情味　便乘興攜將佳麗深入芳菲裏撥胡琴語輕
攏慢撚總伶俐看緊約羅裙急趣檀板霓裳入破驚鴻
起顰月臨眉醉霞橫臉歌聲悠揚雲際任滿頭紅雨落
花飛墜漸鳷鵲樓西玉蟾低尚徘徊未盡歡意君看今
古悠悠浮幻人間世這些百歲光陰幾日三萬六千而
已醉鄉路穩不妨行但人生要適情耳

戚氏　此詞詳敘穆天子西王母事世不知所謂遂
謂非東坡作李端叔跋云東坡在山中燕席
間有歌戚氏調者坐客言調美而詞不典以請于
公公方觀山海經即敘其事為題使妓再歌之隨

其聲填寫歌竟篇就
纔點定五六字而已

玉龜山東皇靈媲統羣仙絳闕岧嶤翠房深迥倚霏烟
幽閑志蕭然金城千里鎖嬋娟當時穆滿巡狩翠華曾
到西邊風露明霽鯨波極目勢浮輿蓋方圓正迢迢麗
日玄圃清寂瓊草芊綿 争解繡勒香韉鸞輅駐蹕八
馬戲芝田瑶池近畫樓隱隱翠鳥翩翩肆華筵歌間作
管鳴絃究若帝所鈞天稚頭皓齒綠髮方瞳圓極恬淡
高妍 盡倒瓊壺酒獻金鼎藥固大椿年縹緲飛瓊妙

欽定四庫全書

舞命雙成奏曲醉留連雲璈韻響瀉寒泉浩歌暢飲斜
月低河漢漸漸倚霞天際紅深淺動歸思迴首塵寰爛
漫遊玉輦東還杏花風數里響鳴鞭望長安路依稀柳
色翠點春妍

東坡詞